POËME

SUR

LES SALLES D'ASILE,

SUIVI

D'UN PETIT RÉSUMÉ D'ÉDUCATION;

Par Prosper BARTHÉLEMY,

Professeur des hautes classes dans les Colléges royaux, en congé,
et Directeur d'une Maison d'Études, à Montpellier, rue Valfère, 8,

MONTPELLIER,

DE L'IMPRIMERIE DE PIERRE GROLLIER, RUE BLANQUERIE, 1.

1847.

J'offre au Public une petite fantaisie poétique.

J'ai essayé d'y glisser quelque chose d'utile.

La matière débordait, je me suis contenté de laisser entrevoir mes principes.

Que n'aurais-je pas eu à dire?

POËME

SUR

LES SALLES D'ASILE.

DÈS que la frêle créature
Voit la lueur du premier jour,
Autour d'elle, auguste Nature,
Tu groupes l'espoir et l'amour.
Obscur enfant de l'indigence
Ou fils de la prospérité,
C'est toujours pour l'humanité
Une céleste intelligence.
Du Dieu qui le destine au ciel,
Sur ses traits un rayon scintille :
A l'harmonie, il est utile ;
Au bien de tous, essentiel.

Sages parents, à l'œuvre sainte,
Vouez vos soins industrieux :
Dans votre domestique enceinte
Quel intérêt plus sérieux ?
Pour votre nourrisson débile

Laissez les cultes d'ici-bas ;
Que votre esprit fécond, habile,
De lui ne se détourne pas ;
D'une ardente sollicitude
Qu'il soit le seul objet constant,
L'objet d'une profonde étude.
Redoutez l'oubli d'un instant.
Déployez la rare alliance
Des plus exquises qualités :
Le plus riche fonds de prudence,
Un rare trésor de bontés.

Mes yeux ont parcouru l'espace
Des vastes champs de l'avenir :
Cet enfant qu'on vient de bénir,
Je vois par quels destins il passe.
Les meilleures impressions
Ont protégé son innocence ;
Il a goûté, dès son enfance,
Les plus saines instructions.
Le toit paternel fut un temple
Dont ses parents étaient les dieux,
Où le précepte avec l'exemple
Offraient un tout harmonieux.
Jamais une impure doctrine,
Jamais un principe suspect,
Dans son cœur plein d'un saint respect,
Ne put pousser une racine.
Soutenu par sa volonté,

Il a traversé, sans naufrage,
Sans perdre de sa dignité,
Le temps de tourmente et d'orage.
La seule crainte du Seigneur
Forma son âme, vierge encore,
Aux vertus dont elle décore
De la loi l'humble observateur.
Ses vertus acquises, innées,
Tendent à la perfection ;
On reconnaît les destinées
Du roi de la création.

Illusion cruelle !.... une pénible chaîne
Que forge le passé, l'avenir, le présent,
Est l'obstacle éternel de la pensée humaine ;
On s'épuise à porter un fardeau si pesant ;
Et le fils du labeur qu'une main attentive
Doit garder et conduire au milieu des dangers,
Altère, chaque jour, sa pureté native
Par la contagion des vices étrangers.
Son âme se flétrit et sa faible existence
Est laissée à la rue, est livrée au hasard ;
Son éducation, délicate science,
Va commencer sans guide et s'accomplir sans art.
A ses secrets bientôt le monde l'initie ;
De la corruption, de la perversité
L'actif rayonnement l'assiége, le vicie :
L'habitude du mal devient fatalité.

Eh quoi ! malgré la Providence,
Gardienne de l'humanité,
Les seuls enfants de l'opulence
Auraient de l'âme la beauté !
Eux seuls, d'une sage culture,
Recevraient les effets heureux !
La grossièreté de la bure
Serait un signe désastreux !
Le vil réduit de la misère,
Le laborieux atelier,
A la grandeur du caractère
Ne pourraient jamais s'allier !
Dans une obscurité profonde,
Ainsi, sans honte, sans pitié,
Parmi nous, la moitié du monde
Verrait languir l'autre moitié !
Non, non, cet inégal partage
De Dieu blesserait le dessein ;
La charité, dans cet ouvrage,
Réprouve un système assassin.

Trève à la plainte trop amère,
Le vœu du pauvre est entendu ;
Saluons ce mieux attendu,
Il n'est point d'orphelins sans mère.
Déjà leurs premières douleurs
Dans les Crèches sont apaisées :
Évangéliques Élysées
D'où sont bannis les cris, les pleurs.

Leur front pur, leur bouche vermeille
Sont tout rayonnants de santé ;
Auprès d'eux, la sagesse veille
Et répand la sécurité.
Non loin de ce séjour tranquille,
Dès qu'ils peuvent se soutenir,
Ils vont encor se réunir
Sous l'abri des Salles d'Asile.
Là, de bonnes directions
A leurs sentiments sont données ;
A la règle, leurs actions
Sont doucement subordonnées.

Combien l'Asile offre à nos yeux
Une vive et piquante image !
Tous les jours y sont sans nuage,
Tous les visages, radieux.
Sur le seuil, les vagues du monde
S'arrêtent devant ce tableau,
Et du dehors le souffle immonde
N'atteint point cet Éden nouveau :
Tel qu'une oasis éthérée
Où les goûts immatériels,
S'emparant de l'âme épurée,
Tempèrent les goûts corporels.
Maîtresse de ces cœurs flexibles,
Une suprême volonté,
Par sa calme sérénité,
Rend les caprices impossibles.

Elle épure le jugement,
Elle éclaire la conscience,
Elle exerce la patience,
De la vie heureux fondement.
Sous la parole salutaire,
S'améliore la raison :
On croit voir poindre la moisson
De ce terrain élémentaire.
C'est peu : de ces esprits naissants,
Les arts osent se faire entendre ;
Ils peuvent déjà les comprendre
Sans nulle fatigue des sens.
La musique, la poésie,
Semblent à l'envi les bercer,
Et d'une mystique ambroisie
Secrètement les abreuver.

Un peuple né d'hier à bien faire s'enflamme,
Se meut comme un seul homme et n'a qu'une seule âme,
Se laisse aller sans peine aux penchants généreux.
Apprend à se soumettre et n'est point malheureux ;
Travaille en souriant, est libre sous la chaîne,
Et paraît n'obéir qu'au torrent qui l'entraîne.
De la classe souffrante, enfants infortunés,
A l'ignorance, au vice, au mépris condamnés,
Si la religion, d'une voix attendrie,
N'eût dit : *Laissez venir cette troupe chérie ;*
Si la société, par ses secours offerts,
N'eût adouci leur sort, n'eût détaché leurs fers.

L'âge mûr, de la tempérance
Respecte faiblement les lois,
Et cette vertu, quelquefois,
N'est qu'une hypocrite apparence.
Dans l'Asile au coup d'œil touchant,
C'est le banquet de la famille :
Voyez comme l'essaim fourmille !
Ils se balancent en marchant.
Quoiqu'ils n'aient tous qu'un lustre à peine,
Ou bien à peine deux hivers,
On voit, dans ces âges divers,
La modération humaine.
La faim a perdu son pouvoir
Sur l'intéressante faiblesse
De tous ces êtres, qu'elle laisse
Subir l'empire du devoir.
Une religion secrète,
Un respectueux sentiment
Retient leur envie indiscrète ;
Calme du besoin le tourment,
Jusqu'à ce que l'ordre rigide
Rende à chacun sa liberté,
Jusqu'à ce qu'une main timide
Prenne son trésor apporté.
Dès cet instant, enfin, l'on mange
Sans querelles et sans conflits,
Avec des procédés polis,
Sans égoïsme, sans mélange,
Repas lacédémonien,
D'un meilleur monde le modèle,
Où nul n'est jamais infidèle

Aux droits sacrés du tien, du mien ;
Où la simplicité naïve
Commande l'admiration
Par son humble soumission
A l'équité distributive.

Quand tout lien est détendu
Le bruit remplace le silence :
Chacun à soi-même est rendu,
La récréation commence.
Dans son essor désordonné,
L'enfant, sans voile, sans mystère,
Dessine son vrai caractère ;
Mais il n'est pas abandonné :
Au maître le père succède.
Sur un troupeau si pétulant,
Il promène un œil vigilant ;
Va, vient, avertit, retient, cède ;
Au moindre choc est attentif,
S'attache à tout voir, tout entendre ;
Guette un regard, un mot furtif,
Est tour à tour sévère et tendre.
Ici, c'est un corps paresseux
Dont il réveille la mollesse ;
Plus loin, la fougueuse souplesse
Veut un avis affectueux.
A mille formes il se plie.
Sur des drames toujours nouveaux
L'attention se multiplie ;

Les jeux augmentent ses travaux.
C'est alors que sa prévoyance,
Modérant l'excès des désirs,
Fonde leur future prudence
Dans l'entraînement des plaisirs.

Hélas ! combien d'ennuis ont surchargé sa tête !
Que de maux à guérir, que de maux à prévoir !
Combien il faut qu'il soit calme dans la tempête,
Armé de volonté, de force, de pouvoir !
A cet apostolat, à cette œuvre rebelle,
Quel mortel, de lui-même audacieux vainqueur,
Et saintement frappé d'une charge si belle,
Consacrera sa peine et son temps et son cœur ?
          Où trouver ce pieux courage
          Qui grandit dans l'obscurité,
Qui change le devoir en pure volupté,
Dévore les dégoûts et s'exalte à l'ouvrage,
Travaille sur lui-même autant que sur autrui,
          Et dépouille l'homme vulgaire
          Pour devenir meilleur que lui,
          Pour devenir celui qui régénère ?
Qui voudra, de son art, sondant la profondeur,
          Par une vertu consommée,
          Être un héros sans renommée,
          Et s'appeler *l'instituteur ?*
Qui, par le seul attrait, saura dompter les âmes,
Résister sans combattre aux instincts dangereux,
          Ressusciter de nobles flammes

Dans des naturels ténébreux ;
Se montrer modéré sans basse complaisance,
Et, libre sans témérité,
Conserver à tout prix sa noble indépendance,
Son amour pour la vérité ?
Puis, quand des durs labeurs il aura l'habitude,
Qu'il aura relevé, fécondé des esprits,
Recueillir enfin pour tout prix
La triste pauvreté, presque la servitude ?

La France a possédé de pareils dévoûments,
Ouvriers de l'intelligence,
Dévoués par goût à l'enfance,
Purs de terrestres sentiments.
Ceux que la fortune humilie,
A leurs destins par eux rendus,
Font, de leur nature embellie,
Surgir des fruits inattendus.
Ainsi du sol le plus fertile,
Quand par l'homme il est délaissé,
Sort une abondance stérile :
De ronces il est hérissé ;
Il devait enrichir, il appauvrit son maître.
Mais, aux rayons amis, il commence à renaître :
Il sent le soc du laboureur,
Il s'abreuve d'une eau limpide ;
De la nuit la rosée humide
Seconde du jour la chaleur,
Et de son sein, avec largesse,

Il répand toute sa richesse ;
Et de riantes fleurs, des fruits délicieux
Du maître satisfait réjouissent les yeux.

Né sur un rocher solitaire,
Par des progrès toujours croissants,
L'Asile, bien loin sur la terre,
Planta ses drapeaux triomphants.
Elle fut bientôt dépassée,
L'espérance des fondateurs ;
La vivifiante pensée
Compta de nombreux protecteurs.
Un ministre, au noble langage,
De la France invoquant l'honneur,
Combattit, par son témoignage,
Le doute, le soupçon, l'erreur.
L'appel, dès-lors, partit du trône :
En faveur d'orphelins tremblants,
L'âme d'une auguste patronne
Montra de sublimes élans.
Une rapide sympathie
Suivit cet exemple royal :
On vit cesser, à ce signal,
Et l'égoïsme et l'apathie.
Partout, on défendit les droits
Des infortunes enfantines ;
Partout, de nobles héroïnes
Prirent les plus humbles emplois ;
Et de tous ces terrestres anges,

De ces pacifiques vainqueurs,
Chaque jour grossit les phalanges,
A l'Asile gagnant les cœurs,
De leurs missions bienfaitrices
Recueillant les pieux impôts,
Et de leurs ailes protectrices
Couvrant de précieux dépôts.

De la Société telle est la loi chrétienne.
Pourquoi tant adorer l'antiquité païenne?
Peut-elle, en opposant ses héros, ses hauts faits,
Du Verbe évangélique égaler les bienfaits?
Le Verbe a suscité, dans les villes puissantes,
Cet unanime accord de voix compatissantes,
A l'enfant de la rue attiré des secours,
Des sages conseillers provoqué le concours,
Intéressé le riche à la masse vulgaire,
Du fort avec le faible éteint la longue guerre.
O d'un bel avenir augure inespéré !.....
Du bonheur social moyen inexploré !.....
   Un jour (dans ce lointain se complaît ma pensée),
Du pauvre, consolant l'enfance délaissée,
L'Asile voyageur, ouvert de toute part,
Du soin des premiers ans lui fournira sa part;
Gagnera le hameau, le village, la ville,
Aux malheureux rendra la vertu plus facile,
Fixera dans les mœurs un ordre régulier,
En tout lieu règnera l'Asile hospitalier.
Alors l'instruction, assortie à chaque âge,

Sera du travailleur le plus cher héritage,
Et pour nous à l'honneur le titre le plus beau.
Vincent de Paul, Rollin, et Cochin, et Marbeau
Attacheront leurs noms, couverts d'une auréole,
A l'Asile, au Collége, à la Crèche, à l'École.
Les peuples sans efforts seront régénérés,
Le crime s'enfuira dans des lieux ignorés ;
Et, durant cette époque à nos efforts promise,
Sur ses bons citoyens la France mieux assise,
Des siècles précédents réalisant les vœux,
Passera plus brillante à nos derniers neveux.

NOTES EXPLICATIVES,

PETIT RÉSUMÉ D'ÉDUCATION.

—◦◦◦◦◉◉◉◦◦◦—

Sur ses traits un rayon scintille.

C'est un souvenir de ces vers de Mlle Anaïs Ségalas :

L'enfant candide et rose,
Nouveau venu du ciel en garde quelque chose,
Un regard d'ange luit dans son bel œil d'azur.

Redoutez l'oubli d'un instant.

Tout peut aider l'éducation, tout peut lui nuire.

Rien ne doit paraître minutieux ; nulle occasion ne doit être perdue.

Ce n'est pas trop, dès le début, de tous nos soins, de toutes nos pensées, pour former un être moral et intelligent.

Les meilleures impressions
Ont protégé son innocence.

C'est dans l'enfance que l'âme, profondément émue par la nouveauté des objets, reçoit, si j'ose le dire, ses premières formes.

Entourons les enfants de toutes les circonstances où le bien est facile et agréable à faire.

Quand la cire a été durcie par le temps, impossible de la ramollir.

Où le précepte avec l'exemple
Formaient un tout harmonieux.

Tout ce qu'on dit aux enfants est anéanti par ce qu'ils voient faire.

Rien ne se dit, ne se fait impunément devant eux.

Le précepte recommande, l'exemple ordonne.

Tout devient facile par la seule habitude de l'imitation dont l'instinct est si fort dans l'enfance.

Telle est la nature de cet âge : il reflette comme un miroir, il s'imbibe comme une éponge.

Soutenu par sa volonté.

L'enfant doit être formé de bonne heure à l'exercice de la volonté, qu'il importe d'élever à cette hauteur où elle règne en souveraine sur les penchants humains.

La volonté ferme est la base de toute moralité.

Quel autre moyen y aurait-il de constituer la dignité du *moi ?*

Ce temps de tempête et d'orage.

Cet âge dangereux où le cœur hésite entre le vice et la vertu, cette saison incertaine où le calme est toujours près de la tempête, ces jours critiques font trembler de loin la prudence d'un père de famille.

Son active surveillance ne se repose qu'après qu'une victoire entière a enfin terminé ce dangereux combat en faveur de la vertu.

Son éducation, délicate science.

C'est, en effet, la science des sciences.

On sait ce que l'éducation exige de soins, ce qu'elle impose de sacrifices, ce qu'elle prescrit d'obligations.

C'est, à vrai dire, l'œuvre de Pénélope, c'est le rocher de Sisyphe.

Mais l'avantage est en proportion de la difficulté.

2

Une excellente éducation peut, d'un Tibère et d'un Néron, pris au berceau, former un monarque plus vertueux que les Antonins et les Titus.

Elle épure le jugement.

Il y a dans les jeunes esprits une logique naturelle qui ne demande qu'à être sollicitée, exercée.

C'est la faculté dont la culture est la plus importante.

Elle éclaire la conscience.

La conscience se manifeste dans l'âge le plus tendre.

Accoutumons les enfants à s'entretenir avec elle, à écouter ses arrêts; établissons dans son for intérieur la salutaire domination de ce juge suprême.

Peut-il y avoir dans la vie un guide plus sûr?

Par sa calme sérénité.

Point d'autorité possible sans cette invincible égalité de caractère dont il trouve en lui le principe.

La fermeté n'a rien de commun avec la rudesse, avec la dureté; elle est toujours paisible et douce.

Elle est sereine comme l'image vivante de la raison; elle répand le calme dont elle est remplie : le calme est le signe le plus certain de l'empire que l'on conserve sur soi-même.

Pour arrêter les enfants, il faut non-seulement une main forte, mais une main douce; il faut frapper longtemps plutôt que frapper fort.

Que ne peut la persévérance?

Il exerce la patience,
De la vie heureux fondement.

Dans l'ordre naturel, les hommes étant égaux, leur vocation commune est l'état d'homme.

Quiconque est bien élevé pour celui-là, ne peut mal remplir ceux qui s'y rapportent.

Vu la mobilité des choses humaines, élevez votre enfant comme devant faire tête à tout.

Les arts osent se faire entendre.

On enseigne de tout dans les Salles d'Asile.

Bonne méthode ! C'est par le matériel que l'éducation commence.

La théorie, c'est la généralisation des faits.

Logiquement, ils doivent venir après la théorie.

La pratique d'abord, la science après.

Rallions-nous à la nature : prenons-la toujours pour guide ; la nature, c'est Dieu.

La musique, là poésie.

Le travail, pour être profitable, ne doit pas être accompagné d'ennui.

Il est bon de faire concurrence aux vices, qui ne retiennent dans leurs liens que par leurs attraits.

Tout l'art consiste à amener l'enfant à étudier et à décider sa volonté.

Si un intérêt quelconque ne suffit pas pour le déterminer à faire ce qu'on exige de lui, il n'y a pas de pouvoir humain qui puisse l'y contraindre.

La récréation commence.....
Les jeux augmentent ses travaux.

Ce n'est pas la partie la moins importante de l'enseignement.

La récréation, c'est l'éducation du corps.

Si l'homme est une intelligence servie par des organes, développons ces organes, afin que l'intelligence soit mieux servie.

Formez d'abord un corps robuste, agile, alerte, si vous voulez avoir un esprit actif, solide et bien nourri.

Ici, c'est un corps paresseux.

La nonchalence de certains tempéraments adopte des amusements paresseux qui ne délassent pas.

L'excès opposé choisit des jeux turbulents dont l'activité produit une trop rapide consommation de forces, et épuise au lieu d'adoucir.

Exciter les uns, modérer les autres, c'est l'œuvre d'une attention plutôt assidue qu'incommode.

Maîtresse de ces cœurs flexibles,
Une suprême volonté....

Ceci est à la lettre : telle est l'influence de l'ordre, de la discipline, et, disons-le, de l'émulation, qu'il est plus facile de tenir et d'élever trois cents enfants réunis, que d'en tenir et d'en élever trois en particulier.

Comparez le tableau d'une Salle d'Asile à celui d'un ménage. Quelle différence !

Les classes riches déjà veulent des Salles d'Asile.

Résister sans combattre, ...
Triompher par l'attrait.....

La douceur est plus pénétrante que le fer le plus acéré.

C'est un proverbe arabe : il convient surtout à des français.

L'esprit ne cède pas au fer ni au feu, mais à la persuasion des bonnes raisons et des bons exemples.

Les négociations exigent de la prudence, du sang-froid, des efforts soutenus.

La brusquerie, plus commode, est aussi plus nuisible.

Par la fermeté on contient, par la bonté l'on possède.

La sévérité de la discipline a quelquefois pour but d'assurer le repos du maître, plutôt que l'avantage de l'élève.

L'abeille change tout en miel, l'araignée, tout en venin.

Emblème du bon et du mauvais professeur : l'un vivifie, l'autre étouffe.

N'attendez rien d'un pédant sans tact, au cœur et à la tête vides.

Le problème à résoudre consiste à développer dans l'âme une émulation sous l'empire de laquelle le travail et l'étude ne sont plus qu'un jeu.

Que le professeur *sacrifie aux grâces*.

Notre pensée serait incomplète si nous oubliions de signaler aux deux extrémités de la douceur deux excès à éviter, *la faiblesse*, qui engendre le mépris, et *la rigueur*, qui enfante la haine.

Une vertu est toujours entre deux vices.

Où trouver ce pieux courage.... ?

J.-J. déclare qu'il ignore si ce rare mortel est trouvable, s'il existe un seul homme au monde capable de conduire une éducation, ni un lieu où elle puisse s'accomplir.

Désespérant de trouver ce modèle, cherchons le terme où le bien est le moins altéré par le mélange du mal.

C'est là toute la perfection dont notre faiblesse est capable.

J'ajouterai, pour être juste, les lignes suivantes :

Je n'ai connu d'autre Salle d'Asile que celle de Montpellier, d'autre directeur que M. Barthère.

Ce directeur réalise à mes yeux le beau idéal qui me préoccupe.

J'ai assisté à un examen d'enfants chez M. Cabanes : on ne peut rien ajouter à l'excellence de sa méthode.

Consacrera son temps et sa peine et son cœur.

Rien de grand ne se fait dans ce monde si le cœur n'est présent à l'œuvre.

Cela est surtout vrai dans l'enseignement.

Que le professeur se recueille et qu'il se fasse un monde poétique de sentiments moraux, d'idées religieuses, de saines doctrines, de vertueuses résolutions.

Que l'enfant vive près de lui dans la plus pure atmosphère.

La France mieux assise.

Qui peut calculer, dit un brillant orateur, quelle sera, sur le bien-être des classes pauvres, l'influence de ce système d'Asile ? Dans quelle proportion ce qui doit améliorer l'homme préviendra-t-il une jour sa misère ?....

Je n'ai rien dit de l'éducation des filles ; je laisserai parler à ce sujet l'auteur d'un excellent ouvrage, où j'ai puisé, comme dans une source féconde, toutes mes inspirations.

« Dans l'éducation des garçons, dit-il, l'autorité doit avoir la « première et la principale influence ; l'affection, au contraire, re- « vendique le premier rang dans l'éducation des filles. Fénélon veut « que la joie et la confiance soient leur disposition ordinaire. »

LA FRANCE LIBRE,

LIBRE,

POËME HÉROÏQUE,

DÉDIÉ AUX BRAVES PARISIENS,

Et à tous nos Frères des Départemens, qui ont juré, sur l'autel de la Patrie, la République une et indivisible :

Suivi d'une ODE au Mânes de MARAT ;

PAR P. M. BRÉMONT,

Auteur d'un projet d'Éducation nationale, et de plusieurs Poëmes lyriques, reçus à l'Académie de Musique.

A PARIS,

Chez CLÉMENT, cour des Barnabites, près le Palais de Justice.

1793.